考える田園

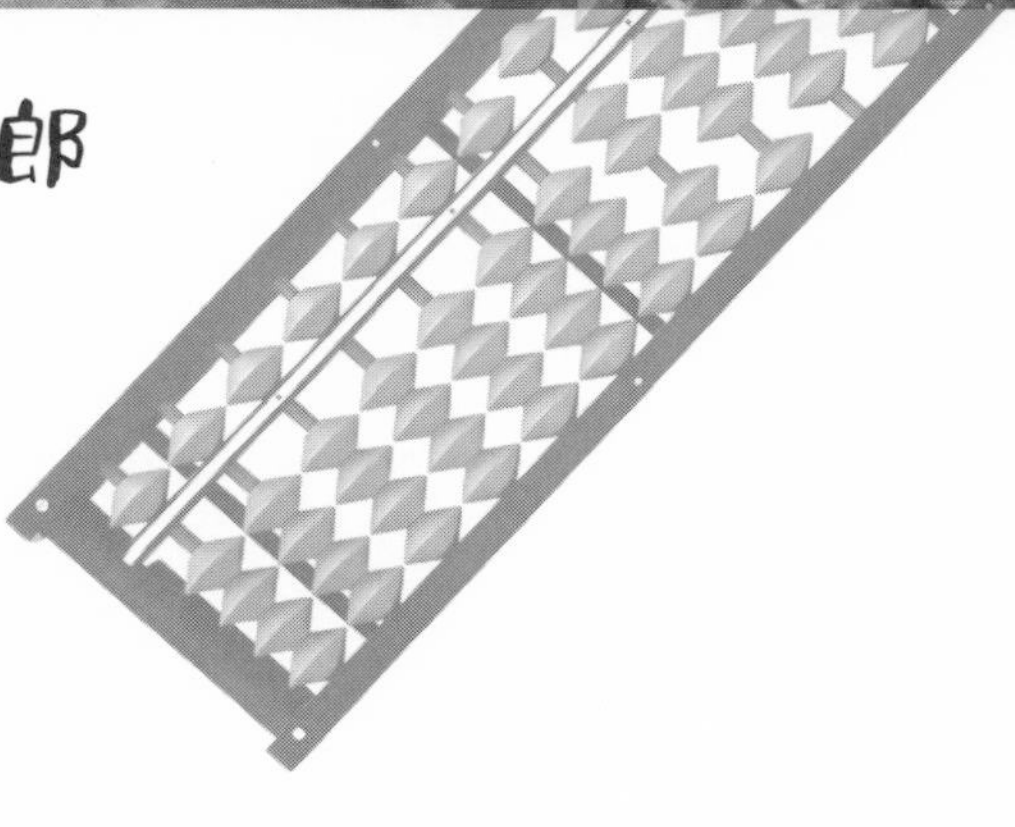

里山次郎
SATOYAMA Jiro

文芸社

目次

第一章　私の生い立ち

一、私の幼い頃

私は昭和十八年（一九四三年）に片田舎の小さな集落に生まれた。

母の実家は、山里の集落で、父が、梨を作っていて美味しいと評判であった。市場では名が通っていた。

小学校四年生になった春の日、私は学校帰りに、梨畑のあるじいちゃんのところへ行くために、家とは反対方向だが、すぐそばにあるこんもり小高い山を少し登り、松林をぬけ、じいちゃんの広い畑を目指して走り出した。小さな谷を越えしばらく行くと、一面が純白にかがやき、咲き乱れる梨の花が目に飛び込んできた。瑞々しく、清らかで、麗しく、瞬時に心の中を無垢にしてしばらく私を立ち止まらせた。

それから、ゆっくりと畑にある物置小屋に行き、きらきら光っている遥か彼方の海を見つめていたら、いつの間にか居眠りをしたようであった。どこからか声が聞こえてきた。私が生まれる前後の様子が次々に語られた。

母は、六人姉妹の長女でやさしく、きれいな人で、学校の成績は、トップクラスであった。でも、中学校へは行ったが、それ以上は、遠くて行けなかったようである。年頃になると縁談は、たくさん来ていたそうである。

父は、男ばかり五人兄弟の次男で、背が高く、運動が得意だった。軍事訓練では、その名を知られていた。縁談は父方からあり、親戚筋にあたる母方の祖母が、有無を言わさず決めたとのことだった。

父の仕事は、主に、屋根瓦の材料の粘土を近くの田んぼから掘り出し馬車に積んで街の瓦屋まで運んでいた。儲けた金で、村中にはない、大きな立派な家を建てたと父方の祖母が自慢していた。結婚した二人の生活は、その家の中二階で、窓のない暗い部屋から始まった。

兄嫁には、すでに四人の子供がいた。結婚した時、兄嫁は「田んぼ仕事はしない」という条件だったようで、家事だけをしていた。

母は、格好の担い手として、農作業に取り組んだ。朝早くから日暮れまで、優しさと、根性と、粘り強さをもって、一生懸命に働いた。子供の頃にあまりやったことがないだけに、一方ならず苦労の連続であった。

そんな中、長男が生まれた。一生懸命に生きようとしたのであろうが、ある日、母が田んぼから帰ると、窓のない暗い部屋で死んでいた。一年余りの短い命であった。

父と母が家業の担い手として働く、子どもの面倒は誰が見ていたのだろうか、このことを一番憂えたのは、母方の祖父であった。梨畑から家の方角を望んで手を合わせ泣いていた。

程なくして姉が生まれた。昭和十六年（一九四一年）十二月、真珠湾攻撃の数日前である。

それから一年、母は身ごもっていた。母方の祖父は、そのことを知るや否や父に会い「分家の時が来た」と、誰も言い出さないことを父に言った。

次男だから、戦争に行かねばならないし、稼ぎは自分の母親に渡さないといけないし、長子相続だし、父は急に四面楚歌になった。

母方の祖父は、家を建てるよう、すぐにも取りかかれるよう心づもりをしていた。父に、分家に要する費用は見ることを伝え、取りあえず家を建てる土地と、少なくとも家族が、食べられるだけの田を、分け前として貰っておくように言った。

三反ほどの分け前があった。

さっそく、母方の祖父は、町の知り合いの肥料問屋から四間×八間ほどの大きな倉庫を買い取り、あっという間に、それを移築した。主体は広い納屋であるが、片一方に「寝所と奥の間」を取り、しっかりした土壁で仕切った。そして、その裏に井戸を掘り、寝所に取り合わせ、台所・風呂場・居間に広い土間（玄関）付きの母屋をも建てた。

間もなく、生まれてきた子に、母は、無事を願って次郎と名付けた。これが私のことである。

戦況が拡大していたのだろうか、父は、頻繁に戦場を往き来するようになっていた。

二歳上の姉は、母が田んぼで忙しいので、生まれるや否や、ほとんど母方の祖父母の家で母の妹たちに育てられていた。

父が戦争に向かうたびに、叔母たちは、姉と私を抱えて母と一緒に二時間もかかる道のりを往き来していた。

あるとき、父の戦死告知が届けられた。やがて終戦。そうこうしているうちに、父が帰ってきた。流行病に罹ったのがきっかけで体調が悪くなったとのことだった。

戦いのことは何も語らなかった。こうして父の十年もの戦争は終わった。

その後、父は、親友から田んぼを譲り受け五反百姓になった。その上に、山裾を三反ばかり開墾し持っていた。

なんとなく生活に落ち着きを取り戻し始めた。そんな日に、本家の兄（伯父）が来て、「納屋を使わせて欲しい」と父に言った。

それから間無しに、製麺所にするための機械・モーターが据え付けられ、伯父さんは三人の息子と商売を始められた。

その時、南に面していた父母の寝所と奥の間が、製麺所の一部になり、なくなっていた。

結果、食堂と居間で寝所をも兼ねることとなった。

居間と元寝所との間には、一畳の廊下と台所用品庫があり、居間側が障子で、寝所側がドアと土壁で仕切られていた。寝所側は、取り払われ、障子戸だけが残された。

障子戸一枚だけで仕切られた居間は、埃っぽく、うるさいところと化していた。いつも、廊下は埃で白くなっていたし、なぜか、その障子は、いつも破けていた。

屋敷が、生活が、共に「一変」した。でも、誰も小言を言うことなく受け入れていた。

祖父の気持ちはどうだったのだろうか。

それから、数年経ち、父が体調を崩し、だんだん思わしくなくなってきた時、製麺所で事故が起こった。仕事をしていた伯父さんの息子（私にとっていとこ）が、左手をローラーに挟み指が付け根から取れてしまった。

それがきっかけで、商売が続かなくなりやめられたのであるが、機械類を取り除いただけで、モーターを取り付けていたコンクリートの台とか、床の剝がれ、段差などは、そのままにして引き上げられた。寝所と奥の間があったところも、同じ状態だった。

父は、入退院を繰り返すようになっていた。

ある雪の積もった日に、母方の祖父が来ていた。手には二枚の凧を持っていた。祖父は母といろいろ話した後、私と一緒に、時間を忘れ夕方になるまで、納屋の前を往き来し、一緒に凧揚げをしてもらえた。十センチメートルほど積もっていた雪が光り、風が適当にあり、よく揚がっていたこと、特に雪と祖父の姿が、深く、深く頭に残っている。

父の容態は、徐々に悪くなったようで、片方の肺を全て、取り除かなければならなくなった。

私が、一級下の友達のところへ遊びに行った際、彼の母に来たら困る（来るな）と言われた。私は仕方なく門を出て、何気なく土をつかみ地べたに叩きつけていた。

集落では一軒だけ、姉の同級生がおり、姉もそこだけだと毎日行っていた。絵を描いたり、木に登ったり、お手伝いもすると言っていた。

その家には、分け隔てなく優しく接してくれるお兄さんがいた。他の子も来ていたが、何も気にせず遊べた。私は、知らぬ間にお兄さんのことが大好きになっていた。

母は父の病院の付き添いで、とにかく忙しいので、私は、母方の祖父の家から小学校へ通うこととなった。

遠くから「次郎――」と呼ぶ母の声がした。

さっと風が通り抜けていった。起きあがり、麓のじいちゃんの家まで駆け下りていった。

そのうち、父の容態も落ち着いたようで、私は家から小学校に通うようになった。

私は、母方の祖父の家に行くのが楽しみで仕方なかった。それは、梨をいっぱい食べられるからだけではない。夏の夕方には「夕が市」と呼ばれている神社の祭りがあった。村中から続々と集まってきて賑わいをみせるのである。いつものことであるが、母の五人の妹たちも集まり、全員でご馳走をいただいてから、揃って出かけて行くのである。

私も毎年、かき氷に好きな蜜をかけてもらい食べるだけであるが、この大家族の優しさに包まれて安心して食べることが、特別な味を作っていたものと言える。

また「秋祭」では、太鼓台が各集落から、神社へと向かって行く。学校が終わるやいなや、じいちゃんのところへ走っていき、カバンを置くや、誰にも言わずに、その集落の太鼓台が移動していくのにずっとついて行くのである。夕暮れには、神社の境内に入るのであるが、その手前辺りで後ろ髪を引かれつつ帰ってくる。それから、夕飯のご馳走を皆でいただいてから、お宮さんまで、お下がりを見に行き、屋台で綿菓子を食べて、めんこなどを買ってもらう。

なぜ太鼓台について行くかといえば、大勢の若い衆が担ぎながら行くのであるが、その道中に目が離せないのである。担ぎ上げて、しばらく進んだかと思うと、「〇〇（集落名）のボロ太鼓」と叫び、両手を差し上げ、「ワッショイ、ワッショイ」「ワッショイ、ワッショイ」と進んで行き、突然、ドスンと壊れんばかりに放り投げるように太鼓台を落とすのである。その時太鼓を叩いている人が太鼓台の中にいるが、叩くのをやめるのでなく早打ちをするのである。私はこの光景を見るのが好きであった。

家では農繁期に入り、母は、忙しい日々を送っていた。食事は自家製のもので、特に、ヤギの乳は好物であった。三つ下の弟の友が、朝立ち寄ると、乳を一緒に飲んで学校へ行っていた。その時、母も、その子も、笑顔であった。

そんな日常の、夕食後、窓から見える満月に誘われて外に出た。空気は余すところなく、夜空はあくまでも澄み渡り、星がちりばめられていた。小さい沼に映る月をかえりみつつ清々しい気持ちで帰ってきた。

家のすぐ前、帰り道の終点のところにある柿を一つちぎった。とたんに、陰から本家の四男と五男が出てきて手を捕まえ、「コラ」というなり、私の手から柿をもぎ取った。そのあと「今日は一つやるから」と言って渡された。製麺所をしていた時は、自由に取ることを許されていたが、「もう、いけないのだ」と感じた。

十二月の寒い日に、じいちゃんが危ないと知らされた。母と一緒に田んぼの畦道を小走りで駆けつけた。お医者さんが来て帰っていった。皆、一晩中、泣いていた。

日増しに家が貧乏になっていった。小川の水が少し温かくなり、たくさん流れてくるようになった。小魚を捕まえ持ち帰ると、母は、ご馳走の昆布巻きにしていた。旬になれば、しじみ汁、ドジョウ汁が頂けた。

父は当時、農作業などは何もできずに、時々、医者に行かねばならない容態であった。

母からは、現在持っている山の畑は全て売り、田んぼは、母一人ではできないので中辺水田（二反歩＝約六百坪）を父の弟に預け、手助けをしてもらうことになったと聞かされた。貸すことになった田んぼは、私が高校に行くようになったら返してもらう約束にしている、ということであった。

梅雨に入り、田植え時となった。叔母たちが朝早くから来て田植えが始まった。私も、水を入れたり畦を作ったり、牛で代《しろ》を掻いたり、苗を運んだりと準備に大忙しであった。ちなみに、牛は小さい時から、近くの小川の土手から、新鮮な草を刈ってきて与え、藁に屑米などを混ぜ、水分補給にも気を付け世話していたので、大変言うことを聞いてくれる牛であった。

田植え後、しばらくすると草が生えてくる。休みの日には、歯車の付いた手押しの草取り機を押して、引いたりもしながら、田んぼの中を一日中走り回る。夏休みになると本格化するのであった。

集落に住んでいる草取り名人（最年長者）の話である。私はいつも、関心と尊敬の念を以て眺めていた。褌一枚で、早苗の間に胡坐をかき、背を丸め、左右の手を交互に操り、草を抜いてゆくのである。体は日に焼けて真っ黒であった。

母は、現金収入を得るために、朝から晩まで、稲藁を打ち、柔らかくして、母方のじいちゃんが買ってくれた木製の織機で、叺《かます》を織る内職をしていた。私も縄を綯《な》ったり、叺を干したり、擦ったり、縫ったり手伝っていた。（叺は塩を入れる袋として使われていた）

小学五年になったばかりの頃、校庭で遊んでいた所に、他のクラス担任で、地元出身の先生が来られ、放課後、ソロバンの練習をしているが、してみないかと私たちに声をかけてくださった。

私は、母の手伝いをしなければならない、ということが頭にあり、「ハイ」と返事はしなかったが、練習をしている教室に入ってみることにしたのである。

なぜか自分でも分からない変わったことがしたかったのか、経験をしてみたかったのか、とにかく続けるようになった。先に進めると、六級の検定、五級、四級と一回で受かり、三級も一回で受かったところで、軽率にやめてしまったのであった。

ちょうどこの頃、町村合併がなされていた。私の集落は十軒ばかりだが元村と合わせると百軒以上あったが、この元村が、隣の町に付くことになった。他の全ての集落は、大きな町に付くことになっていた。

元村は、大きい集落なのに、同級生の男子は、なぜかいなかった。通学では、家にあったボロ自転車で行くのであるが、その道のりは片道四キロメートルほどあった。

二、中学生活

中学生活が始まった。仲良くなった友達の前田と山田はそれぞれバスケットボール部とバレーボール部に入っていた。私は二人から入部を勧められ、両方のクラブを一週間ずつ体験した。友達とはもちろん、他の部員の中にも入り練習させてもらった。

この二つのクラブは、対外的にも強く、練習は厳しいと言うことで、家の農繁期とか、通学が遠いとか気にしていた私は結局入れなかった。

しばらくしてはじめての中間テストがあり、廊下に発表された成績は、三人そろって良好だった。

また、野球も盛んな学校のようで、広い運動場の一方の隅でいつも練習しているので、時々、見学していた。そうこうしているうちに、見学の時に見て「上手やなあ」と思っていた小川君が来て、野球部に入らないかと、熱心な誘いがあった。

小学校の時、昼休みには外に出て、ソフトボール用の球を誰かが投げ、それを打ち、そのフライを受け取った者が次に打てるというやり方で毎日遊んでいた。そこで必ず一回は打っていたし、遠くへも飛ばしていた。そんなことで、入部したい気持ちはあった。でも、入るとなれば、母の手伝いができなくなる。それを心配して、風呂焚きをしていた父に入部してもいいか聞いてみた。返事は、即答で「田んぼせんとならんから、入ったらいかん」私は素直に受け入れた。

翌日、そのことを伝えたら、小川君は、ものすごくがっかりして残念がった。私もこの時ほど悔しく思ったことはなかったが、生まれてこれまで母の背中を見てきているので家の事を差し置いてでもという気持ちにはなれなかった。大げさだが、入部していたら、将来、歩む道が違ってくるだろうとは思った。大きな分岐点だったと思う。

母には、このことについて何も話さなかった。母は、田植えが終わって、一休みもせずに内職の叺を織ることに力をいれていた。私も縄綯機《なわないき》で縄を綯《な》ったり、叺を干したり、縫ったりする等の手伝いをしていた。たまには、叺を織ることを覚えようと、母が昼食の用意をしている時に試していた。

夏休みになった日に母が、中学生用の雑誌を買ってきてくれていた。その雑誌の中に、俳句を募集する記事を見つけると、ごく自然にひねり始めた。すぐに浮かんできたのが、次の句である。

代掻《しろか》きや　燕飛び交い　歩む牛

学校で習ったことを思い出して、まねただけであるが、大胆にも投稿した。

代掻きは田植え前に、稲の苗を植えやすく、根付きやすくするために、田をきれいに均しておく作業である。田に水を入れ初め周囲に畦を作り、そこに枝豆用、もろみ・味噌の原料となる大豆を蒔き終え、一面、適正に水が張るとしばらくして始める。燕は状況を察して飛び回る。その中を牛が、「我が道を行くごとく」ゆっくりと歩み始めると、水中生物がとまどい跳び跳ねる。燕の数が増え、スピードが速くなる。一瞬に水面をとらえ舞い上がって行く、季節は初夏、水が温み、晴れれば心地よい季節である。これらの作業を母と一緒にしているが、牛を伴う作業や畦作りは私の仕事である。

家の納屋では燕が数個の巣を作り子育ての準備を始めていた。

秋になり、美術の時間に風景画を描くことになり近くのこんもりした山へ行った。未完成の者が多かったので後日提出となった。私も結局、家で丁寧に仕上げをして提出した。それが、展覧会に出されていた。

後日、美術の先生から入選したと伝えられ、賞として絵の具一式を頂きびっくりした。絵の具は、卒業するまで持ちこたえた。

成績が常にトップだったバスケットボール部の前田の家は、学校のすぐ前の道に面していて、大きな門構えのある屋敷であった。勉強部屋が二階で外から見える所にあり、その部屋は、夜中の十二時がこなければ絶対に電気は消えないと他の友達から聞かされていた。

クラブ活動も熱心に練習し、格好よくて上手だった。この前田に自慢できるのは職業に関する学科である。この教科は前田が、いつも一つか二つ落とすので上にいけるのであった。ちなみに、一学期は前田が、二学期は私が級長に推されていた。

一方、バレーボール部の山田は、きつい練習を熱心にこなしていた。この部の強いことは有名だった。

お盆の頃、練習の合間ができたのか、山田が家に遊びに来ることになった。その日のために、畑から一番大きなスイカをちぎり、井戸水に漬けて冷やしておいた。それを食べる時のことである。十二等分して、六切れ、お盆に置いて、母が出してくれ二人で三切れずつ食べた。私は三切れペロリと、しかも赤い部分、皮に近い白い部分、それぞれ違った旨味があるので食べてしまうのであるが、彼は、その間に二切れ食べたが、食べ方が上品というか、真ん中の部分のみで、赤身で外側に近い部分も残して食べ終えたことには、びっくり仰天させられた。街に住んでいる人の生活を、垣間見た感じがして生活の格差というか違いを感じた。

九月には大きな台風が来た。朝は、なんとか学校に着いたが、午後には大雨になった。授業が終わって、帰途、カッパは着ていたが、少し行くと体のところどころに染みこんできた。街を出たところは、道に水が溢れていた。ここからは友達と別れて一人になるが、元気が取り柄というか、生きるのに一生懸命だった。自転車を押しながら、いつもの倍の時間がかかって家に着いた。

時は移り、中二になった。

稲の収穫が終わり寒くなってくると、手足に霜焼けができた。毎年のことである。こうなると必ず思い出すことがある。

小学二年生の時、担任の松本先生（女性）が、不憫に思って、何かと気遣ってくださり、ある日、用務員室で松葉の煮汁を作り洗面器に入れ、手を温めさせてくださった。その日はずっと爽やかであった。そのことを母に言うと、家には大きな松があったので、適時にそうしてくれた。

中二の冬休みが終わり間もなくして、どこで菌をもらったか心当たりはなかったが、はやり風邪に罹り、十日ほど休むことになってしまった。その時、数学の授業では因数分解をやり始めていた。学校に行けるようになって、その始めの部分を飛ばしているものだから解らずじまいで終わってしまった。

それをみてとったか、後日、数学の小松先生（女性）に、放課後、手伝いに来るようにと言われた。用紙を運ぶくらいのことだったが、終わってから教室で因数分解を最初から教えていただいたのである。そして明日もやるからと、結局、解るまで数日かけて教えていただいた。次のテストに間に合うように心配りをされていた。

早いもので中学三年生になった。人生の分岐点になる選択の年である。家計は、これまでと同じで母の内職と田んぼからの稲・麦・小麦だけである。

前年から姉が、中学から準看護学校へ通っていた。高校へは行かずに授業料のいらない道を選んだのである。でも、全寮制のため、食事代がかかり、母が夜なべして機を織る音が聞こえるようになっていた。

最後の中学生活であるが、クラスは男女別々であるので、女の子と話す機会はない。授業が終わり自転車置き場に行くまでは広い運動場で、バレーボール部、バスケットボール部、そしてちょうど自転車置き場の前では女子のソフトボール部が練習しているので、しばらく眺めてから自転車を門まで押していき帰ることが時々あった。

ソフトボール部のピッチャーが、背の高い、どっしりした体格のキャッチャーと投球練習をしているところに、よく出くわした。ピッチャーはスピードもあるし、でも一番いいのは投げる格好であるが、体格はスマートで、その上、容姿端麗な人であった。私がよく練習を見ていたのを知ってか、この二人と廊下ですれ違った際に、キャッチャーが声をかけてくれた。その時の二人の表情と練習風景が、私の頭の中に今も仕舞われている。

人は、これを初恋と呼ぶのだろうか、ただ、純粋に、「理想の人」という印象で仕舞われたような気がする。でも、そうなったのであるならば人はそれを初恋と呼ぶのだろう。

麦が黄金色に色づき始めた。でも、熟れるにはまだまだ時がかかりそうである。

中学三年生にもなると麦とか小麦が熟れると、学校から帰れば、すぐに麦刈りに出かけていた。作業は、ほとんどが手作業なので猫の手も借りたいほどである。

この時期が来ると思い出すことがある。小学校の行き帰りに、麦畑の中に黒い穂を見つけると、溝を駆けていってサッと抜き取る。私の背の高さが麦と同じくらいなので、頭が見え隠れする。心地よい風がとおりすぎる。私はこの情景を光景としてたまらなく描いてみたくなる。そのうちに学校に着いていた。

小さい頃、千歯扱《せんばこ》きや足踏み脱穀をしていた記憶が、はっきり残っている。体を使うので、誇りを持てる遊びというか、作業であった。

その頃の遊びと言えば、麦・籾などを干す広い軒下や庭があったので、そこで遊んでいた。家の引き出しには、めんこ・ビー玉が一杯溜まっていた。たまには、隣の集落と田んぼで、土のぶつけ合いもした。季節によって、スイカ番・松茸狩り等、枚挙にいとまはない。

母は手を休めることをしなかったし、私が、時々遊びに行っても何も言わなかった。その時間の取り方は、例えば、叺の場合、今日は叺を干して擦る作業であれば、干しておいて乾くまで遊びに行って、帰ってきてから擦るのであった。

夏休みの遊びは、泳ぎが主だった。川に行けば、いつも何人かは来ているのでよく出かけた。

ある日、泳ぎに行く途中に親子が、田の畦道を追いかけながら、「草刈らずに手を刈ったりして」「このアホが」と叫んでいた。草刈りが、いかに大事で熟練が必要かを教えていたのだと思うがはたから聞いていてけんか腰のやりとりが面白かった。

中学生になってからは悪い遊びをする連中もいたと聞くが、私はそういうものは一切しなかった。でも、クラスメートと街の中を歩いたり、家に寄ったりはよくしていた。釣り好きがいて、たまに大川へ行くこともあった。一方、田んぼの方は、毎年のことであり、生活の一部になっていた。麦刈りが終われば、田植えの準備が待っている。

家での勉強は最小限度だった。それでも、試験前には、学年で一番の前田のことを思うとしなければならない気持ちになるのであった。大切な「宝物」だった。

秋になり稲刈りになると、麦のように筋蒔きでなく株になっているので、その株を横に五株刈っては右側に寝かしおきながら次々と進んでいく、それを早く刈るのが一つの目標でもあり楽しみであった。

稲の取り入れが終わると、集落共同の籾摺りが始まる。この作業に出てくるのは、その家の世帯主が多く年寄りである。土日にすることが多く、その日には、私が行くのであった。いつも、最後の工程を担当していた。玄米になって出てきたものを、一斗缶（約15kg）に入れ、担いで行き、納屋に置かれている大きな缶の容器に入れる作業である。その時、拠出用の一俵（約60kg）を担いでみるかと言われ、担がせてもらい運ぶこともあった。

これが終わると、田んぼに残しておいた藁を全て納屋の二階に運び入れる。広い二階は藁でぎっしり一杯になる。これが全て叺の材料になる。大事の前の小事である。冬になり叺を織ることが本格化すると、二階から再三、藁を下ろすのであるが、時々太い大きな蛇が出てきてハッとする。冬ごもりしていたものと思われる。

冬休みには、一日十枚程度織れるようになっていた。母ほど綺麗でないが時々織っていた。

そうこうしているうちに、高校入試の時期が近づいてきた。冬休みに、母からは、「お前が、高校に入る時が来たら、お父さんの弟に貸してある中辺《なかべ》の田んぼを返してもらうと約束しているので、麦の取り入れが済んだら話をする。その収入で高校の授業料が賄えるから、高校へ行ってもいい」と言われた。その時、初めて高校へ行くんだと思えるようになれた。

行くのだったら、小学五年生の時のソロバンとの出会いが偶然の縁だったかと思われる。検定を受けに行って知っていた商業高校へ進みたいと思っていた。母も暗黙のうちに、そのことは了解してくれていた。

受験日になり、覚えのある校舎でテストを受けた。すべて書けたが、別に他のことは何も思わなかった。後日、先生から受かったことを知らされ、母に伝えるため急いで帰った。

母は非常に喜び、気を引き締めた様子だった。

六月には、戻ってきた二反の田んぼの田植えをした。雲一つない日本晴れで、水も清く澄んでいた。遠くに見える、おじいちゃんの梨畑も微笑んでいた。知らぬ間に口ずさんでいた。

「山の畑の（梨）の実を小かごにつんだはまぼろしか」

第二章　令和の今、思い出されること

一、所有地の水田にまつわる話

令和二年、新型コロナウイルスは最初に罹った人、診たであろう医者もわからぬまま日本にやってきた。このウイルスは肺にくるらしい。肺とか心臓に持病がある人は死の確率が高いという。私は、両方もっているので友人には家に籠もると伝えた。

「別に、気にしない」と彼は言った。

それからは、買い物以外の外出を断ち、自宅の庭と畑の手入れに専念している。

持病のある肺は、白っぽく写り、いつも精密検査が必要だった。医者からは、「子供の頃に埃っぽい所で生活したことはなかった？」と聞かれた。幼い頃、居間兼寝所の隣が、破れ障子で仕切られた製麺所だったことを言うと納得されていた。

現在の自宅は中辺の元水田に建っている。「どこの誰が高校に行かせてくれる。行かせてくれたのはこの中辺水田である」と心に記した田んぼである。

高校一年の春、学校から帰るとすぐに麦刈りをしている母のもとへ向かい、一緒に刈り始めた。しばらくして母は夕食の仕度に帰った。最後の一筋の中ほどに来た時、明るかった夕日が落ち手元が真っ暗になった。「腕時計」は九時を指していた。こんなことを思い出させる田んぼである。

あれから六十年、今も私はその場所にいる。小学生の頃から母の片腕となり二毛作をし、自分のことは必要最小限度に抑え、必死で働く母の背中を見て育ってきた。

母の亡くなった年齢に近づき、もっと長生きしてほしかったと思うところがあり時々憂鬱になる。

この田んぼが、何か問いかけているような気がした。

子供の時、田に水を入れるため本線水路からの取り入れ口で、広い水溜まりのある中辺用水路の堰を開けていると、見ず知らずのおじさんが、「水溜まり部分は、うちの土地だから」とすごい剣幕で言った。その時の戸惑いを今も覚えている。

なぜ、稲作と麦作りが容易にできた田んぼを、畑や自宅にしなければならなかったのか、今も取れない「ささくれ」にコロナが重なった。それは、五十年前に始まった。

私は高校を出てサラリーマンになり、仕事は業務のシステム化に取り組んでいた。実家の田んぼも道具から機械に代わり、機械であっという間に済ませると、母が目を細くして喜んでいた。もちろん兼業なので研修の試験がある前の日曜日に、共同作業の籾摺りに出るなど不自由なところもあった。でも、後悔したことはなかった。

そんな中、この中辺の田んぼに周囲から魔の手が伸び始めていた。ある時、家の電話が鳴った。相手は、父の親友でよく家に来ていた人だった。父が亡くなってからも、盆・正月には、お参りに来られ、父親代わりのようにしていただいていた。昔の庄屋の息子さんで役所の所長をされていた。時々、招かれて立派な居間でお菓子をいただいたりもしていた。

電話口ではいつもと調子が違い、上っ調子で後ろめたさが見え隠れしていた。

話の内容は「中辺水田の西側に新たに道を付ける件だが、そちらはまだ承諾してないのか。しないのなら、お前の職場の上司に嫌がらせに行く」というものだった。「お前のこれからに良いことは何一つない」、最後に「承諾しとくから」と言って一方的に電話を切られた。私は状況がよくわからないまま聞いていた。

「戸惑い」のまま、母に、電話のことを話した。道のことは、「叔父さんに全て任せている」と言った。

「反対している」とのことだった。現在ある道に面している他の二軒も「反対している」とのことだった。

二、青天の霹靂

それからあまり日をおかず、上辺《かみべ》の世話係が判取り（承認の証印を取りに）にきた。それ以降、何の連絡も、相談もなく、数年後の冬に新道がつくられていた。

新道ができてからはじめて田を起こし水入れにかかった時、うちの中辺の田んぼに流れ込む中辺用水路の入口（場所は上辺で二百メートルほど上流のところ）が本線水路より三十センチメートル高くなっていた。これまでは、本線水路より少し低くなっていたので水は自然に中辺用水路を通りうちの田へと流れ込んでいた。水の絶えることのない水路だったので、入口の堰をとるだけですんでいた。先人の知恵と秩序によってつくられ、今日まで守られてきたものである。この水田の用水に、襲いかかっている変化に困惑しながら対処に追われることとなった。

中辺水田は、周囲に田園が広がっていて、私の住む小集落（中辺）と、二つの大集落（上辺・下辺《しもべ》）に囲まれている。

今回、同時に周辺の水路も改修され今までより深く幅広にした上、直結され不便さを取り除いているようであった。ところが、この中辺用水路だけが反対に狭く浅くなっていた。仕方なく家に取って返し土袋を買いに走り土を詰め、本線水路側に、数個の土嚢で大きな堰をした。明くる日も、次の日も同じ状態であった。流れがなく、水嵩も僅かで心配であったが、堰を補強し様子をみることにした。

でも、周辺の水路はけっこう流れている。どうしてこんなことになってしまったのだろうか、私は歩いて五分ほど上流の本線水路の様子を見に行くことにした。そこでは、これまで本線水路に流れ込んでいた流量の多い方の水路が、大きく改修された上辺の西水路に直結されていた。

思いもよらぬことに落ち込みながらも、私はとぼとぼと、我が田んぼの方へ歩きだした。

そして、この上辺の西水路に繋がる枝分かれした中辺用水路のところに来てみると、その枝分かれ部分（長さ三十メートルほど）は、土手とともに新道と化していた。そして、なんとその西水路は、新道を潜り下辺の水路に直結されていたのである。

この枝分かれ水路の末端部分は、新道が交差している所にあり、そこが暗渠になっているものだから気が付いていなかった。

ちなみに、中辺用水路の片側は全て新道になっていた。

田の手前で、判取りに来た人が、代掻きを終えた田から、水を放出するところだった。これまでのいきさつを話すと「この水入れな」といった。「足りなければ内緒で水を回してあげる」ともいった。水は入り無事に田植えは済んだ。

その年、水は、雨や他の用水の排出水を利用して何とか収穫することができた。

同じ水系の他の田んぼは、水口を変更して別の水系から水を入れていた。持ち主は下辺の住人である。

次の年も同じやり方で何とか間に合わせた。

三年目も早めに中辺水路の取り入れ口に土嚢《どのう》の堰を試みたが、やはり水は中辺の我が田んぼには流れ込まなかった。

今回、改修された水路の分岐点には、水門ないし、堰板を入れる溝がある。中辺水路だけ無いので役所に話すとすぐに堰をする溝、暗渠部分の蓋など必要とするものをしてもらえた。嬉しい気持ちのまま堰板を入れたが、それでも水はこちらに流れ込むには至らなかった。今年も水をもらうことをお願いし、もう畑にすると伝えた。

苦渋の決断であった。なぜなら、排出する水を毎年もらうのは至難のことである。その人だから、前もって毎日見に行っていたからできたことである。

決断のポイントは、ちょうど田植え機や稲刈り機等をワンランク上のものにしようとしていた時でもあったので、もう限界だった。この水田なしでは、作付け面積が少なすぎて続けていくことはできないとわかっていたからである。

結果は惨めそのものであった。農民として、病気の父と子供四人を支えてきた母である。「田仕事」では、どんな時よりも、気の引き締まった、幸せな笑顔をしていた。それが一変した。「手段と精神」を摘み取られていた。

その後、水田はあきらめたものの、少しずつ黒豆とか里芋、野菜等を植えてみたが、水が必要で思わぬトラブルも多かった。なにより作れなくなった田んぼの草刈り等、手間が馬鹿にならなかった。

三、母屋の増築を巡って

中辺水田横を通る新道がつくられた頃、母屋の増築と農機具の更新が予定に上がっていた。増築は、納屋を一部分壊さなければならなかった。一方、農機具の更新は水田が減ったことにより中断せざるを得なかった。

心の整理がつかないまま三年がたった。

私が思いついたのが中辺の田んぼを畑にすることであった。黒豆・アスパラ等を考慮していたので手間を考えると住まいは畑に近い方がいい、ただ先が読めなかった。母に言ってみると何も言わなかった。

生活の全てを受け入れ、支えてくれた納屋、いつも機織りの音がしていた納屋、百年持つと聞いている。祖父が遺してくれた私の宝物であった。

私は母屋の座敷の祭壇前に佇んだ。稲作を断念せざるをえなかったことが、親子の心に深い傷として刻まれていた。広さといい、用水といい、これほど恵まれた田んぼはなかった。父が手にした一等地である。

母は、田んぼ一筋、生涯生き甲斐として笑って過ごせていたであろうに寂しそうであった。

そんな夕方、突然呼ばれたように座敷から縁側へ出て枯山水の庭を見ていた。すると、一匹の蛍が、茂みからすっと出てきたと思うと近づいてきて、何度も振り向き行き来して、南西の空へ斜め一直線に上へ、上へと上がっていった。以来、この辺で蛍を見かけることはなくなった。あの蛍は何だったのだろう。

迷うことなく、住宅展示場巡りを始めた。

そして、街のハウスメーカーと中辺水田に新築の家を建てる契約を交わした。予定通り地鎮祭も済ませたが、工事はなかなか始まらなかった。

しばらく経って、担当者がやってきた。業を煮やしているかのように、理由も言わぬまま ここへ行ってほしいと言った。下辺集落の人の所である。突然だったが、言われるまま一緒に行った。下辺の方は終始「無言」だった。その後、放置されていたので不安になっていた。

何カ月か経って担当者がやってきた。謝る風でもなく、世間話になった。

私は、遅れることについては、住んでいる家があるから別に気にしていなかった。

間をおいて、「大工さん達は、すでに別な所に配置され延期になっている」と言われた。どうすることもできなかったようで、担当者も被害者意識を持っていた。最後に「会社の専属ではない、初めての大工さんだが来月から取りかかる」からと言った。

結局、半年ほどの遅れで、しっくりしないところも見受けられたが完成を祝った。

今、思うと、中辺用水路に水がこなくなったことと関係していたのであろう。無言だったのは、何かの選択で迷っていたと思われる。残念なことだけれど、正義とか慈悲の心は、伝わってこなかった。担当者も、内容・理由については、何も語らなかった。

叔父に相談するのが道だったと思える。当時、水利権及び水利権者の意思の尊重など法律用件はどうなっていたのだろうか。全ての結果責任を無言のまま課する。そして引き継がれる。世間知らずだったのだろうか?

それに、畑に変えた時法務局へ行き変更の登記申請をすると、「水田の時と税金も何も変わりませんので、申請しなくたっていいですよ」と言われ、結局申請せずに帰った。この時地目を畑に変えていたら下辺集落とのもめ事がなかったのではと後悔した。

四、母のこと

〈取り返しのつかないこと〉

新しい家を建てた当時のことについて、最近、集落の年配の方から聞かされたことがある。上辺集落で、「新道がつくられる時に反対しておいて、道ができるとすぐに家を建てた」という噂が広まっていたとのことだった。

引っ越しの時を楽しみにしていた母が、急に、「元の家で暮らす」と言った。その時、また間違えたと思ったが、それ以上、深く考えられなかった。

母は孫の面倒を見ながら、古い家（敷地は二百五十坪）を一人で守り、田んぼの畦の草刈りなどの生活を始めていたのである。それらをきちんとこなしていたものだから、私は何も気にせずに勤めが出来ていたのだった。今頃（自分が喜寿の歳になって）大変だったろうと気づいた。母の苦労を倍加させていたのではなかろうか？

そんな中、母は古希を迎え、孫たちも中学生になり手がかからなくなった。その年の夏休みに、家族で三つ下の弟が住む東京へ、母の初めての旅であった。私は職場の上司が亡くなられ急に行けなくなった。箱根で泊り富士も眺めたであろう。東京ディズニーランドで遊び、我が子の家へ、母一人残り、ゆっくりと過ごしてこられた。

母は古い家と往き来していたが、新しい家で過ごす日が多くなっていた。

新しい家にも馴染み三年経った頃、近くに住むとても優しい末の弟の提案で、北海道へ、母には乗り物酔いの心配があったが行くと決心をされた。残念ながら、私はこの時も行けなかった。春休みになった孫たちとの旅であった。時計台にクラーク博士、マリモ（阿寒湖）に洞爺湖の温泉等をめぐり日常を忘れ堪能して帰ってこられた。

それから数年、生き生きとして幸せが滲んでいた。薬は飲んでなく、友人や姉妹達といつも笑顔で接し、お寺参りもよくしていた。

ここまで書き終えた令和二年八月、私は、毎日墓参りに行くようになった。

石庭のそばに、私の母の供養塔がある。趣味の陶芸で作った花瓶を置き、母が好きだった花を育て、そこに生けている。一番、好きだったのは赤色のハゲイトウである。


〈母との別れ〉

母は、仲間達と老人会等に行くことや孫の結婚式を楽しみにしていた。

令和二年九月に入り、完全に筆を執ることができなくなった。

毎日、夕方、手を合わせた。「それ人間の浮生なる相をつらつら観ずるに、おおよそはかなきものは、この世の始中終まぼろしのごとくなる一期なり」・・・「御文章」より。

何日かが過ぎ日課となった墓参りを済ませ、雑念を捨て、筆を執った。

「あの日の夕方」お母さん遅いなあと思っていたところに電話が鳴った。

母は畑にいた家族のところまでやってきて、長く会話してから、知り合いの美容院へ予約を取りに行ってくると出かけていった。

その途中、交差点を渡ろうとしていた。際で左車線を走ってきた車が、ゆっくりしか渡れない母に気づき、近づいたところで、急にハンドルを右に切った。後ろの車が、そのまま突っ込んできた。もう一歩で、渡りきれる母をはねとばした。一部始終を見ていた人から電話があり現場にかけつけたが、救急車が去ったあとだった。

病院に駆けつけ声をかけたが、母からの反応はなかった。夜の病院には専門の医者はおらず、私はどうしていいかわからなかった。相手の運転手が来た。分厚い眼鏡をかけていた。

あくる日、集中治療室に入ったものの意識はなかった。

あの時、車で送っていくとどうして言えなかったのか。親孝行はできないままだ。
葬式も終わり落ち着いた頃、知り合いから電話がかかった。事故を起こした相手のこと、上中書に争わないと書いてほしいと言ってきた。否とは言えなかった。

〈後悔〉

新道を巡る一連の問題から始まった。今になって少しわかった気がする。中辺用水路改修のことは、私どもにとっては「寝耳に水」であった。用水路は上辺と下辺が推進していた。

父親の親友で、私が恩人と心得ている人は上辺である。新道のこと、代理人がいるのに何も聞かされていない私に電話がかかってきた。いつもと様子が違っていた。「何を聞かされていたのだろうか?」私のためであっただろうが、すきま風が吹いたようである。結果、新道にかかる土地の提供を承認した。でも、恩人に対するお礼と、電話の時「私は新道のことを知らなかった」と、その人の葬儀の日まで言えなかった。

なぜ用水まで奪われることになったのだろう。今思うに天命だったのだろう。

〈追記〉

ミカンならと植えてみている畑、「三密を避ける」を守り、椅子二つ分ほど離れて友人とコーヒーを楽しんでいる。夢の話をして、「写経しているが『空』では、心休まらんことができた」と話すと、友人は「人事を尽くして天命を待つ」と言った。

私は「己の欲せざる所を人に施すこと勿《なか》れ」と呟いた。

母の死は、五十五歳の時である。「これからだ」と言っていたのに、悔やんでも、悔やんでも、悔やみきれない。

水争い、昔なら処刑されていたであろうに、自由となれば、やった者勝ち、取り得、その上、お役所まわりで、何があったのだろう。もし父がいたなら、こうはならなかっただろう。しなかっただろう。できなかったであろうと思われる。

実態がそのままで心だけが、変われるのかどうか迷った。今のところ、唯一変われるのは、自宅の石庭を見た時である。心から「空」になったことを脳に通知しているのが解る。締め付けがなくなり幸せになっている。

五、石庭

子供の頃、よく家の畑で石を集めては並べていた。母はやむなくそれをのけ野菜を作っていた。今も変わらないがのけるのは自分である。ちなみに、自宅の庭には、大小三百ぐらいの石が置かれている。

家の南出口に「置き石」がある。この石は、五十年前になるが、山里の道の斜面に車を付け、三十メートルくらい上から、下ろしてきたものである。龍安寺の石庭の石に似ていた。

前の年、姉に用心棒を頼まれて京都に行った時、龍安寺に寄ることになった。そこの石庭の、左端の石組の前の廊下に座りこみ、姉が「帰るよ」と呼びに来るまで眺めていた。

今回、龍安寺の石庭の配置と石数を参考に、その五分の一程度の広さの石庭を作り始めた。組数は五組、東からA~Eとする。置き石（主・添）Aを基準に、同じ山里の石で、外で一服する時に、卓と腰かけにしていた石が、その場所で、DとEの主石となった。

同時期に、隣の県の河川より引き取り、残っていた六石。

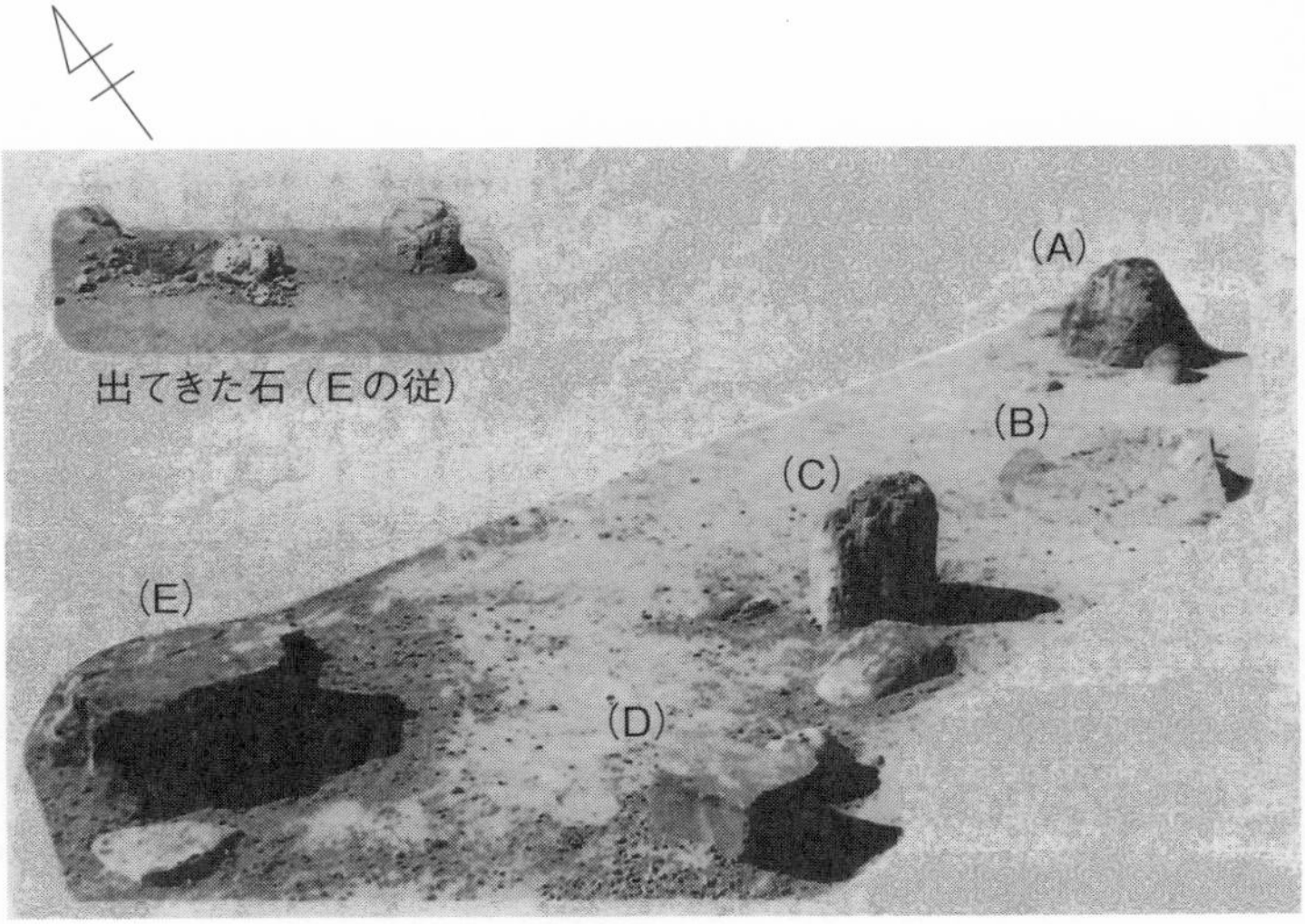

わが家の庭石。西側後方より（A）に向き撮影。

そのうち、四石がC（主・従・添）とD（従）の部分に、残りがAの前部分、両サイドに置かれた。釣り合いといい・形といい、龍安寺と似た部分を持ち合わせていた。

次に取り掛かったのがBであるが、家にはもう余分な石は残っていなかった。かつて、庭師さんに見離され重たくて仮置きにされ、肩身の狭い思いをしていた石を、ずっと気にかけていた私は、その石を何とか引きずってきて、上下を逆さまにして、頭の部分だけが見えるように据えた。何となく様になっていた。ところが、予定より横幅が狭くなった。

据える際、掘った瞬間カツンと音がしてどかしていた石を、なんとなく東横に足してみると、丁度の長さになり、全体をも調和させB（従）の石となった。当初、龍安寺のパンフレットを見て一石かも、と思っていたが、二石が正解のようだった。

最後になったのが、A（従）とE（従・添）である。水溜りに敷き詰めてある小石の中から取り出し、据えていると、ツルハシにコツンと当たるものがあった。取り除くが何か訴えていた。ここの置き石になるのではと試みると見事におさまった。三か所ともにそうなった。

一応、完成を見たが、草は所かまわず生えてくる。こまめな手入れが必要となった。土の部分を少し低く、平らにする努力をしていた。中ほどで、刃に何かが引っかかり、キィーンと嫌な音がするようになった。掘ってみると、石が出てきた。Dの従石をみた時から、少し大きすぎると、ずっと気にかかっていた。その代わりかと、すぐに見つめた。ふさわしかった。勿論、程よくマッチした。全体が変わって見えた。結果、出てきた石は、五石となった。全体の三分の一である。

近くの親戚、友人が来た時に石庭が見えるのであるが、反応はなかった。

修正が始まった。個々の組み石のバランスを整えるために、にらめっこする日が続いた。五組がそれぞれ整うと、それぞれがその良さを、思いをぶつけてくる。それが胸を締めつけはじめた。龍安寺のパンフレットを眺め直した。

全体としてのバランスが少し必要なのかと、小石の向き、高さ、間隔を変えてみた。間というのか、尊厳というのか、最後の一石の向きを変えた途端、つながって見えた。

自然のままなら目立つ石、バランスを壊す石であっても様になっている。しんどい朝、「生きている」と実感したのは、この石、仲間はずれになっていると思った時であった。最初に据えたEの主石である。

本物に似ていないのに、何も気にせず、なるべく似せていた。この石の思いに、添わせてないことに気づいた。少し低くし楽な姿に据え変えた。水準器を上面の中心に縦横に当てると水平だった。「色即是空・空即是色」と思えた。

山・川・田んぼの石、バラバラ感はあるが、組としてまとまり、何かを主張し、一つの石庭として語り始めた。

前庭がやさしく微笑み、押し潰されていた心が無垢になった。これが「空」かも知れないと思った。かつて、岡山の醍醐桜を見た時の感動にも似ていた。

特徴として、空地を白砂でなく大地にした。

中島みゆきの『糸』に深い感銘を受けていることもあって、ささくれて心許ないときに眺めて欲しい、いつか誰かを暖めうるかもしれないと願っている。

医者に止められている右手の腱鞘炎をかばいながらの作となった。

六、秋彼岸

名の月を　耐えて待っている　我と雲

里山の梨畑も、今は姿を変えた。それに呼応するように、多くの生き物が消え、満天の星空も消えた。名月といえども、その風情は、ほんの周辺だけだった。母と笑って田をしていた子供の頃のように、もう一度、輝きたいと思った。

月はいつの間にか、雲に隠れてしまっていた。私は「待っている」と感じた。同時に、雲も、月の輝きを待っているに違いないと確信した。

小川に流れはない。『枕草子』にある「蛍《ほたる》の多く飛びちがひたる。また、ただ一つ二つなど、ほのかにうち光りて行くもをかし」、この風情を子供たちに残したかった。

中辺水田も、やんぬるかな畑と自宅に変わった。権利は剝奪された形になっている。法も秩序も無視のまま、時は刻まれている感じがする。知行と情けの関係は鳥の羽に譬えられる。

以前、関係する団体に用水路等について事情を説明すると、設立当初は「現状が畑なら用水利用の対象から除いていた」と説明され、役所の担当者を紹介された。担当者に会い説明すると「後日返事をするから連絡先を」と言った。三カ月たっても、返事がないので会いに行くと「後日返事をする」と言った。こんなことが三回続き、中断になっている。

中辺水田と母が、私に「伝えたかった事」とはこのことだったのかと思えた。

また、汚水処理水は、当初より中辺水路に排出している。指摘すると、下辺集落の方が来られ確認された。情けある方だった。その後、係により違いが生じている。

共に、どんな根拠に基づいているのだろうか？

中辺用水路の改修により用水がこなくなったことは、隠蔽された問題をはらみ、今も続いている。この原点に立ち戻ると誰もが無言になる。結果、私は、今も苦しんでいる。中辺水田と母が私に伝えたかった事はこのことだったのかと思えた。そうして、孫たちに根拠のない負担を残してはいけないと注意された気がした。

キリスト教の信者さんが、時々来られるが「神との約束ごと」が知りたくなった。

天の雨水は、コンクリートでコントロールできる。

結果、天の水は、その日のうちに海に流れてしまうようになった。その狙いは何だろう。

海から遠く離れた山の麓の狭い水路に小さい子供が落ちた。いなくなったのを気づき捜した。その日のうちに海に浮かんでいたという悲しい出来事があった。

天の水が、大地の水路をゆっくりと流れ風情を生み生き物の営みになる。永久のシステムとして維持されてきた。「約束の中」では、大切な事柄として扱われているのだろうか。

私は母のお墓の前で中辺水田での不甲斐無さを侘び、感謝して手を合わせた。「大悲無倦常照我」と繰り返し、繰り返し唱えていた。夜になれば寒参りすると伝えた。

その帰り道、車から田んぼにペットボトルが投げられた。海には椰子の実でなくマスクが流れ着くという。

「四季がなくなり、灼熱になったら……」「コロナは何のために……」などと、つぶやきつつ帰ると「もうこだわらなくていい」と言わんばかりに、虫食い木の葉が舞った。

黙し聴く　田園の声　酷暑かな

田園の思いが伝わってくる。

田植えの時期となれば、今も年配者のリードで、家族揃って楽しく作業をされているのが見受けられる。いつも、羨ましく思いつつも、その光景が心を豊かにしてくれる。

私の母にも、不本意な中断がなく続けられていたら、田んぼの管理だけでなく、喜びと希望が感じられ、長生きされていたのではと考えている。

石庭の近くにある花水木も色付き始めた。

「僕の我慢がいつか実を結び果てない波が　ちゃんと止まりますように」「君と好きな人

が　百年続きますように」と一青窈の『ハナミズキ』を唄った。

七、心の居場所

いつも、「心」が止《とど》まる場所がある。そこで、いつも止まる。魚が、釣り糸にかかるように、その時を知らないが、それでも、止まるところがある。

物心ついた頃、三百六十度見渡せる田んぼの真ん中にいた。薄暗い中、母は、忙しく稲《は》架《ざ》かけをしていた。あの場所である。

家の周囲は小川である。山々から海まで途切れることなく循環する。行き来する魚と棲みついている魚、ドジョウ・貝等がいた。『万葉集』の歌に見受けられる鰻も、勿論いた。あの場所である。

母は、朝、暗いうちに里山に出かけた。標高百メートルくらいにいい場所を確保し、落葉した松の古葉をかき集めて、束にする作業を始めるのである。私は、束ができたころを見計らって、リヤカーを引いて山道の口に止め、登っていく。毎年、冬になると日曜ごとに出かける大切な仕事であった。一年間に、竈《かまど》で使う燃料を確保しておくのである。母のいるところは、いつもいい場所で、察しがついていた。なぜか間違ったことはない。着くや否や、二束ずつ背負い、下ろす作業を繰り返していた。あの場所である。

やがて、草が生え、足元から蛙が飛び立つようになる。踏まれる瞬間に飛び立つか、わざと人の前を横切る。蛇も出没する。人が近づくと、さっと逃げ出すが、時には、わざわざ飛び出してくる。そんな小川の草むらで光が見え隠れし始めた。蛍である。

田植えは、戦後長い間共同作業であった。子供ながら、母と二人で出ていた。苗取りや、苗束をこれから植える田んぼに担いでいき、ばらまいておく。苗取りは、年寄りの役割であったが、心が通い合うのが不思議であった。あの場所である。

ある日、小学校からの帰り道、初めて見るトラックに出会った。通りすぎる瞬間、駆け寄り荷台の後ろにぶら下がり、家への分かれ道で手を放した。下向きになり地面に叩きつけられ、慣性で俯《うつぶ》せのまま、前に一メートルほど引きずられた。幸い掠り傷ですんだ。この衝動、何だったんだろう。

機織りをしている母が、裏戸から入る涼しい風に笑みを浮かべ汗を拭いている。村の道の方でチリンチリンと鳴った。「キャンディだ」、待っていたかのように走り出した。

台風時期となれば心配でもあるが、その時は溢れんばかりになる小川、手製の竹簾を垂らすとカニがはい上がってくる。次から次へと。あの場所である。

私が子供の時最初に触れたそんな土地（宝物）のなかに石庭を造った。ただの石ころ、捨てられていた石、仲間はずれだった石、自身の居場所に埋まっていた石が、集まって一つの石庭をつくった。一つ、一つの石の生が、組として、全体として調和する。一ミリ向きが違っていても調和しない存在である。

孫達の目にはどう映るであろうか。

夜が明けるとイタチが、畑にやってくる。私をチラッと見て悠然と屋敷内に入る。小屋には入らずにミカンの木の側へ行った。足音で解ったのか、子ネズミが顔を出した。出入り口は分からない。忍者なのだ。様子を見て「コロナはどうなっている」と聞いた。歩き回るイタチは「どこもGOTOだよ」と言った。「撲滅だろう」「根深いな」「接種地獄」…と言い争っていると、「うるさいなあ」と手足を伸ばし、欠伸をしながら、つぶやくような声が、水桶の下から聞こえてきた。冬眠中のトカゲである。

イタチは最後っ屁を放って帰っていった。以前ならトンビがくるりと輪を描いていた。子供の頃、飼育していたヒヨコ、百匹が一晩のうちに死んでいた。イタチである。今では生存を脅かされている。

私は、「新しい住処見つかったか？　気を付けるんだよ」と見送った。

幸い地中にいる蛙、蝉の幼虫、また小屋の床下の石の下にいる蛇も団子虫も気付いていないようだった。

「冬眠」とか「心に刺さった刃」は、今、何と響いているのだろうかと自問自答した。

夏は夜、「ねぶた」に「阿波踊り」ほのかにうちひかりて行くもをかし。冬はつとめて、霜のいとしろきも、またさらでもいと寒きに、ウイルスの無数に飛び散りてわろし。

『枕草子』が大好きで、空で言える冒頭部分、不謹慎と思いながらも、良き年の来ることを願った。

夜中に雨が少しきたのか湿っていた。小春日和であった。キウイの木は、全ての葉を落とし丸裸になっていた。

同じように、夜中に雨が降ったのであろう。朝、目覚めた時の光景がありありと浮かんできた。物心が付いてから覚えている最初の出来事である。

南に面した寝床が、製麺所の一部になってからしばらくして、その北面に軒を下ろし、居間続きの部屋が作られた。天井はなく、居間の屋根の一部分が入り込んでいて、隙間だらけであった。そんな部屋の二間の軒先瓦、全てに数十センチメートルから一メートルくらいの「つらら」が、ズラッと並んで、ぶら下がっているのが、窓ガラス越しに見えた。手には霜焼けができていた。

暮れ間近、雨が降り寒く感じられた。夜が明けると小川の流れに沿って靄《もや》がかかっていた。やがて陽がさし靄は徐々に消えていった。残念ながら、中辺の水路ではなかったが、田園の原風景を見た気がした。

狭まりつつ、元に戻れない田園の風景に涙が止まらなかった。

田園の土台であった昔からの水路の変わりゆく様を見た者にとって、その尊厳が壊される瞬間を見た者にとって、「由無し事」と思いつつ書き記した。

仏壇より熟し柿下げ来る

時は令和二年暮れである。

こっそりと　あの時に母
植えし柿
涙を浮かべ　かぶりつきけり

あとがき

小さい頃、家の周りに無数にいた蛍、私のパートナーだった。心のスケッチは遠くなりつつある。

旅の途中、庭の風景を見た時、そこに羅漢像があった。とても母に似ていて、慈悲深い表情をしていた。すると、昔の家の前に植えられていたハゲイトウが思い浮かび、神々しくまぶしかった。「色即是空」、はかなさを感じた。

心の修行のため、有名な石庭を真似して自宅の庭に縮小版を造った。産みの苦しみはない、でも当時の人も、痛み悩める心はあったという思いで試みた。事実私は救われた。なぜあの石であの組み合わせか、隠し味は「言うまでもない」こと、分からない。ただ、出会えたことに幸せを感じている。

頭の中には、常に常識の定義がある。人の数だけある考えのなかで是か非か決定される。いつも、真理に目を向けるようにしている。

嘘偽りのない気持ちが救われる。戦争前後の人権・教育・財産制度も、受け取り方は千差万別のようだった。でも、母の後ろ姿だけは「仁と義」であった。他人の悦びを自分の幸せとしていた。背中にはいつも、「君子無所争」（君子は争う所なし）と書いてあった。かつて、蟬時雨の中の一本の梨の木を見上げた時、蟬が百匹以上いたであろうか、私を見て飛び立った。今は、蟬に小便を振りかけられても、田園のようにありたい、「諸行無常の響きあり」と思えるようになった。

私に松食い虫を思わせる新型コロナウイルス、常識での対処を一番に望んでいる。海岸での貝掘り、暑くなれば海水浴にも出かける。汚れなどどこにもなかった。その風景に、テレビで見た百歳の方々の言葉が重なった。

「今日はだめでも、きっと、明日はいい日になる」
「僕が百歳になった訳ではない、向こうからやってきたのだ」
「うまくいくとは、何だろう。いままで、大切なものを見落としてきた」

最後に「考える田園」から……。

人類は、将来、火星を居場所にしていると、科学者が言った。何でも、出来る人類は、生き残るために身に付けた遺伝子を、変化に応じ、変える努力をしているだろうか、万物に対する心配りはなされているのだろうか、変化が急すぎて、出来ないでいるのだろうか、今を謳歌している人々の、その仕組み・その根っこは、何だろう。

足元、「地球」を甘く見てはいないだろうか。

孫はゲームに熱中している。目との距離がだんだん近づいてきている。ほどほどにするよう心から願っている。

真の効率化を見極め、よき環境を守り、「生活の向上」を調和させること……犠牲を前提にしていることはないだろうか？

どうでもいいのだろうか？　私の心は、お世話になった水田に別れを告げ蛍の元へ飛び立っていた。

遠くから「次郎――」と、母の呼ぶ声がした。

私の心に再び灯をともし、さっと風が通り抜けていった。

その時、私の頭にふっと浮かんできたのが次の俳句である。

マスクして　笑顔の見える　家族かな

里山　次郎

考える田園

2021年９月15日　初版第１刷発行

著　者　里山 次郎
発行者　瓜谷 綱延
発行所　株式会社文芸社
〒160-0022　東京都新宿区新宿１－10－１
電話　03-5369-3060（代表）
03-5369-2299（販売）

印刷所　株式会社フクイン

ISBN978-4-286-22836-5　JASRAC 出 2104726－101